Allons-y, papa!

Louise A. Gikow

Illustrations de Gustavo Mazali

Texte français d'Ann Lamontagne

Catalogage avant publication de Bibliothèque et Archives Canada

Gikow, Louise
Allons-y, papa! / Louise A. Gikow;
illustrations de Gustavo Mazali;
texte français d'Ann Lamontagne.

(Je veux lire)
Traduction de : A day with daddy.
Public cible : Pour les 3-6 ans.

ISBN 978-0-545-99291-6

I. Mazali, Gustavo II. Lamontagne, Ann III. Titre.
IV. Collection: Je veux lire (Toronto, Ont.)

PZ23.G5258Al 2008 j813'.54 C2008-901015-9

Édition publiée par les Éditions Scholastic, 604, rue King Ouest, Toronto (Ontario) M5V 1E1.

5 4 3 2 1 Imprimé au Canada 08 09 10 11 12

Note à l'intention des parents et des enseignants

Dès que l'enfant sait reconnaître les 63 mots utilisés pour raconter cette histoire, il peut lire le livre en entier. Ces 63 mots apparaissent tout au long de l'histoire pour que les jeunes lecteurs puissent facilement les retrouver et comprendre leur signification.

a
aller
allons
arrête
au
aussi
besoin
cacher
c'est
compte
de
descendre
dîner
dix
dos
du
en
encore
endormi
entier
faut
galoper
grimper
haut
il
ils
je
jouer
jusqu'à
là-haut
lambiner
le
les
manger
meilleur
moi
monde
nous
on
papa
par
phoques
pieds
plus
pousse
prends
regarde
reposer
se
s'est
s'il te plaît
singes
sont
sur
suspendus
ton
tout
va
veulent
veut
veux
viens
y

Viens, papa, il faut y aller!

Viens, papa, arrête de lambiner!

ZOO

Regarde les singes, ils sont
suspendus par les pieds!

Regarde les phoques,

ils veulent dîner!

Viens, papa, nous aussi on veut manger.

Viens, papa, on va jouer!

Pousse-moi, papa,
je veux aller haut.

Plus haut, papa, encore plus haut!

Je veux grimper tout en haut.

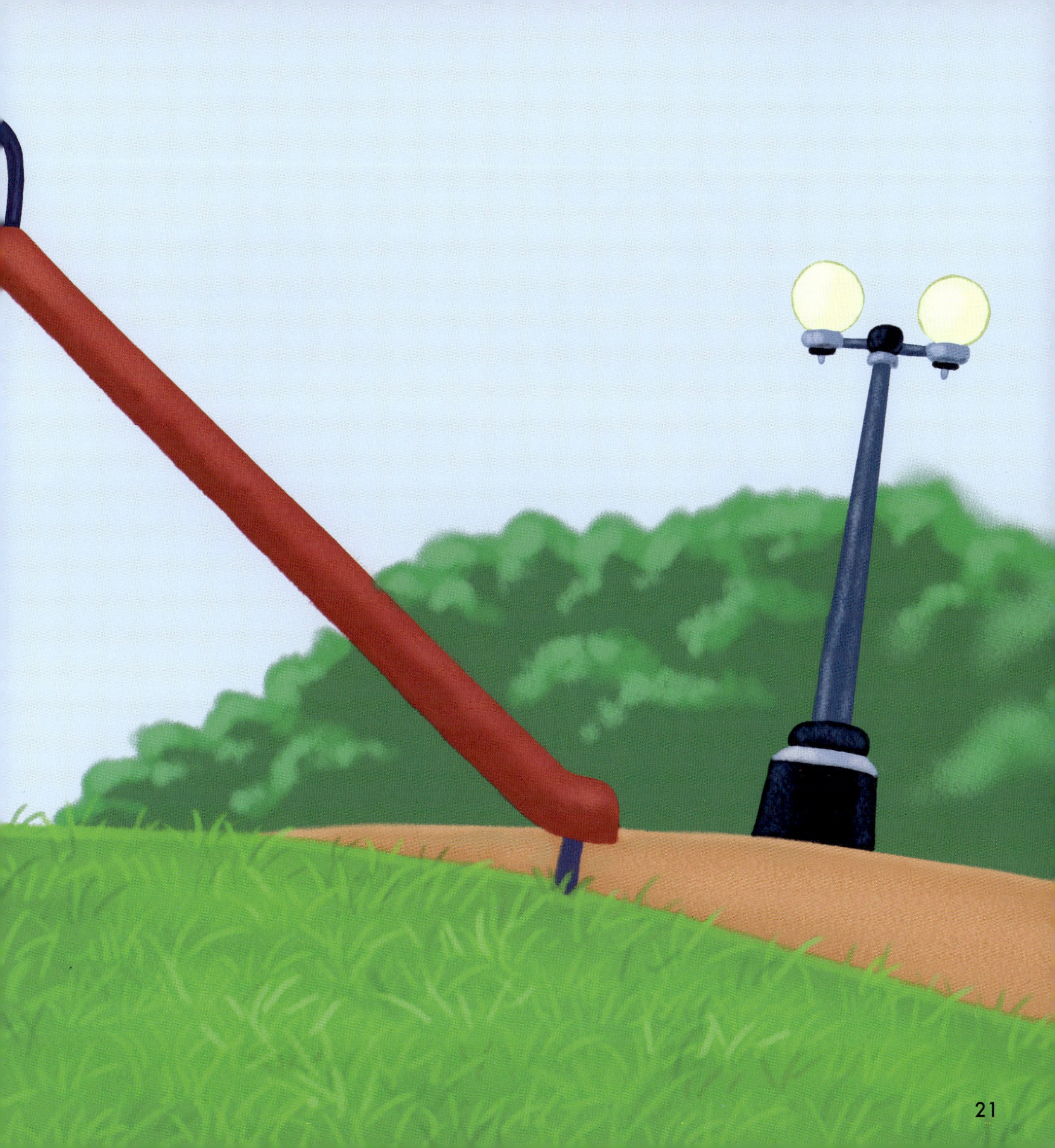

Je veux descendre, papa.

Arrête-moi, s'il te plaît!

Compte jusqu'à dix, papa,
on va se cacher.

Prends-moi sur ton dos, papa,
je veux galoper.

Papa s’est endormi,
il a besoin de se reposer.

Papa, c'est le meilleur papa
du monde entier!

Allons-y, papa!
As-tu peur?
Attendez-moi!
Chez grand-maman
Chien et chat
Des monstres
Il faut ranger
Je change la couleur des fleurs
Je choisis un ami
Je sais lire
Je suis le roi
Je suis malade
Je suis une princesse
L'heure du bain
La fée des dents
Le cerf-volant
Le nouveau bébé
Le temps
Ma citrouille
Ma nouvelle école
Ma nouvelle ville
Mes camions
Minou copie tout
Mon gâteau d'anniversaire
Regarde bien
Rémi roulant
Si tu étais mon ami...
Soirée pyjama
Une journée à la ferme
Une mauvaise journée